AF359033

# LES DIVERS ENTRETIENS DE LA FONTAINE DE VAVCLVSE.

## BALET.

Dansé à la grande Sale du Roure l'Année 1649.

*Dedié à Monseigneur le Vicelegat.*

EN AVIGNON,

Chez IAQVES BRAMEREAV, Imprimeur de sa Sainteté, de la Ville, & Vniuersité. Auec permißion, & Priuilege.

M. DC. XLIX.

ILLVSTRISSIME ET REVERENDISSIME

# LAVRENS CVRSI

Doyen des Protonotaires Apostolics du nombre des Participans , Referendaire de l'vne & l'autre Signature , Vicelegat & Gouuerneur General en cette Cité & Legation d'Auignon,& Sur-Intendant General au fait des Armes pour Noftre Saint Pere en cet Eftat.

ONSEIGNEVR,

Pvis qu'il vous a pleu d'hon-norer noftre Balet de voftre pre-fence autant de fois que le defir des Curieux nous a obligé de le

# EPISTRE.

danser, & leur faire voir les merueil-
leuses decorations du Theatre, nous
auons creu d'y auoir entierement ren-
contré vostre satisfaction, & que ce
diuertissement que nous donnions au
public, & que nous prenions pour
nous mesmes, auoit esté digne de
vostre approbation. Ce qui nous a
donné la hardiesse de publier sous
vostre Nom si precieux à tous les
peuples de cette Prouince, & son su-
jet & son œconomie pour en instruire
les Estrangers. Nous ne sommes pas
sortis hors des limites de vostre Gou-
uernement (MONSEIGNEVR) pour
former nostre dessein; la Fontaine de
Vaucluse (pour qui la Nature semble s'estre surmontée en toutes cho-
ses) nous en a donné la matiere,
vostre chere presence nous a animez

# EPISTRE.

à l'execution, & voſtre bonté nous oblige de faire ſçauoir à tout le monde que nous ſommes,

MONSEIGNEVR,

De voſtre Seigneurie Illᵐᵉ.

Les tres-humbles & tres-obeïſſans Seruiteurs.

L. N. C. A. D. L. S. D. B.

# LES DIVERS ENTRETIENS
## de la Fontaine de Vauclufe.

L A Sale où à esté dansé le Balet est de dix-sept toises de longueur, & sept de largeur ou enuirõ, à l'vn des bouts estoit eslevé vn Theatre de cinq pieds & demy de hauteur, sur le deuant & au fonds de huit pieds pour luy donner la pente, il auoit sept toises de largeur, & autant de profondeur : son frontispice estoit orné de deux colomnes de chaque costé, auec ses bases, chapiteaux, frises, & corniches d'ordre Dorique : vne grande toile où Vauclufe estoit peinte, & sa fontaine dans vn esloignement, s'estendoit sur le deuant depuis la corniche iusques à terre, de peur que les specta-teurs ne vissent rien iusques au temps ordonné.

Au mesme temps qu'on voulut donner commence-ment au Balet & que les haubois en eurent donné le signe, la toile s'abatit ; on vit lors vne nuit qui couuroit toute la Scene, vn grand Ciel tout couuert d'estoiles si brillantes qu'elles fournissoient assez de clarté pour dis-cerner sa decoration ; à sa main gauche ce n'estoient que rochers couuerts d'arbres, d'animaux, & de ruisseaux coulans des croupes en bas ; à sa main droite on voyoit

fur vne verdoyante coline vne maifon, qui dans fes rui-
nes monftroit encore les reftes d'vne venerable Antiqui-
té. C'eft où l'Illuftre Petrarque auoit jadis eftably fa demeure pour y compofer auec plus de quietude fes ou-
urages merueilleux qui ont donné de l'admiration à tout
l'Vniuers, & qui fert maintenant de retraite au celebre
Magicien Argan.

Au fonds du Theatre parut vn grand rocher efleué,
au bas duquel eftoit la grotte de la Fontaine de Vauclufe artiftement reprefentée apres l'incomparable Ori-
ginal que la nature en a fait ; dans ces rochers & petites
grottes il y auoit quantité de lumieres, qui fans eftre
veuës, faifoient diftinctement voir les heurts & falies
des ruiffeaux qui en fortoient, & reprefentoient fi naïfuement cet Element, que bien qu'il ne fut figuré qu'auec
de l'or & de l'argent, fon efclat trompoit les yeux des
fpectateurs, & faifoit paroiftre les ondes fi claires & fi
naturelles, qu'ils douterent longuement fi elles eftoient
veritables. C'eft enfin tout dire, quand on dit que
c'eftoit de l'ouurage merueilleux de l'excellent Peintre
& incomparable Architecte Monfieur Dominique
Bourbon de Boulogne, dont le merite ne peut eftre
affez dignement loüé, ny la vertu recompenfée.

# OECONOMIE DV BALET.

LES haubois àyans ceffé, les violons donnerent
commencement au Balet.

Vvlturne courrier major de la Renommé auec fon

diligence fit la premiere entrée, femant dans la falle vne infinité de Liures, pour faire comprendre aux fpectateurs auec plus de facilité, & le fujet, & la difpofition du Balet.

Deux Illuftres Capitaines Bohemiens ayans fçeu le no* Mariage du Marquis de la Coque, & de la Barone de Quincampois, & volé fur la minuit tout ce qu'il y auoit de plus precieux dans le Chafteau de la Coque, vont faire le partage de leur butin à la Fontaine de Vauclufe, affeurez d'eftre hors de tout danger dans cette folitude tenebreufe, & à ces heures induës, chacun d'eux portoit vne lanterne fourde ; de vous dire auec quelle foupleffe ils firent cette feconde entrée, il eft fuperflus, car on fçait par experience qu'ils ont autant d'agilité aux pieds pour danfer, que de fubtilité aux mains pout voler.

Deux petites Bohemienes tendres & jeunes, copies de ces deux fameux originaux, firent voir dans la troifiéme entrée qu'elles n'eftoient pas nouices au meftier de la volerie, elles encherirent par leur danfe inimitable fur toutes les expreffions les plus aduantageufes.

Deux Ardans, vapeurs nocturnes, qui n'abandonnent iamais les riuieres pour y precipiter les paffans inconfiderez, la tefte couronnée d'vn feu efbloüiffant, donnerent vne mortelle terreur par leur abord à nos Voleurs, ils fçauoient que malgré leur refiftance ils feroient traifnez par ces Spectres bruflans dans quelque precipice, ce qui les força de fe defrober fubtilement à leur veuë, laiffans faire à ces Efprits Folets la quatriéme entrée ; iugez auec quelle legereté , puis que ce ne font que fantômes.

Dans les plus efpaifles tenebres de la nuit , quatre vieilles Sorcieres vont faire leur fabat au bord de la Fontaine , & rendre compte de leurs mal-heureufes operations à celuy qui y prefide ; pour faire difcerner leur quatriéme entrée , & leur danfe contre-faite de mille efpouuentables grimaces , elles ne reçoiuent autre clarté que celle que leut fourniffoit vn Demon affis fur le toiét d'vne mafure qui eft tout joignant la Fontaine, de la main , de la bouche , & des yeux de ce Lutin fortirent de flâmes effroyables. Ce fut vn Balet de defordre & de confufion, puis que celuy qui les efclairoit en eftoit le Pere & le Conferuateur.

La Nimphe Echo, dans le profond filence de la nuit, fe voyant oyfiue , & ne fçachant à qui parler , ny à qui refpondre, fe rendit à la Fontaine , fous l'efpoir flateur d'y rencontrer fon cruel Narciffe , qui toûjours charmé de fa propre beauté, pourroit eftre venu par hazard confulter le miroir liquide de cette belle eau , & confiderer ce beau portrait de foy-méme ; où ne l'ayant peu treuuer elle chercha çà & là cette belle fleur qui nafquit de fon fang , & prit naiffance de fa mort infortunée. Mais le mal-heur qui la perfecute continuellement, ne luy voulut pas donner cette fatisfaction. Quoy que la violence de fa folle paffion ne luy aye laiffé que des os, & vne voix imparfaite, elle ne laiffa pas de faire fon entrée auffi agreable qu'on la pouuoit defirer ; mais alors, la clarté de la Lune commença à pouffer fes cornes argen-

tées fur l'orifon, ce qui obligea cette Amante defolée à
fe retirer dans fes humides grottes, pour s'entretenir
auec ceux qui vifiteront la Fontaine ce iour là, & les diuertir par fes redites continuelles.

*Jcy la Lune commença à paroiftre.*

AV premier éclat de cette brillante Sœur du Soleil, le jeune Endimion vint faluer fa fidelle Mai-
ftreffe, non plus fur le Mont Latmie, mais fur la deli-
cieufe verdure de cette Fontaine. Il fembloit que ce bel
Aftre de la nuit fe fut eftalé auec des foins plus empref-
fez, & des clartez plus lumineufes que de couftume,
pour efclairer l'entrée de ce Berger, fon vnique inclina-
tion; mais il fallut bien-toft acheuer ces mutuels entretiens, & faire place au Balet des Lunatiques, qui dans la
noire humeur qui les poffede vindrent vifiter la Fontaine, fous la brune clarté de la Lune, de laquelle ils portent chacun vn quartier dans la tefte.

Premierement on vit fortir vne femme de la plus haute taille, maigre & defcharnée, les yeux haues, & le teint
liuide. Ce fut la Melancolie, liberale difpenfatrice des
inflüances de cette inegale Déeffe; elle portoit vn flam-
beau d'vne main, & vn licol de l'autre, ordinaire medecine pour la guerifon de fes fuppofts defefperez; à fa
fuite venoit vn Courtifan endebté, portant vne liaffe
de Requeftes, de Saufconduits, & de Prorogations, vn
Vfurier auaricieux, vn trébuchet à la main, vn Mathe-
maticien auec vn globe, & vn Alchimifte coiffé de la
chape d'vn alembic; l'air, la danfe, & les figures de cete

entrée firent voir vne si profonde melancolie, qu'il sembla que la fin du Balet deuoit estre celle de leur vie. Il s'acheua pourtant, car la rouge Fourriere du iour dissipant les moites clartez de la Lune, s'aprestoit à faire voir les siennes, & donner la chasse à ces Lunatiques, qui suiuirent cet Astre qui les predomine.

*Icy la Lune se perdit, auec les Estoiles, & du costé de l'Orient quelques rayons d'vne clarté moderée se firent voir sur l'Orison, donnans à la Scene autant de lumiere que la pointe du iour en peut fournir, & faire plus clairement discerner sa decoration.*

L'Aurore ayant depuis long temps donné le rendevous à Cephale dans la grotte de la Fontaine de Vaucluse, pour gouster dans cette fraicheur des felicitez innocentes, aprehendant la venuë du Soleil, qui n'arreste iamais dans sa course, fit auec luy son entrée, auec des pas maiestueux, & des mouuemens qui exprimoient naïfuement la passion qu'elle a pour ce beau Chasseur, & le desplaisir de le quiter ; apres donques les mutuels témoignages d'vn reciproque contentement, elle s'en alla, portée sur vne nuée, annoncer dans le Ciel la venuë du grand Astre du iour, & laissa cet Amant affligé en des tenebres inconsolables, tandis qu'elle alloit éclairer tout l'Vniuers.

Quatre Fées, Gardiennes ordinaires de la Fontaine, tirans des premiers rayons de l'Aurore les infaillibles conjectures de la beauté du iour, & preuoyans asseurement que quantité de Curieux s'y viendroient diuertir,

auec vne exacte diligence vindrent difpofer toutes cho-
fes à la commune fatisfaction, & fans interrompre la
mefure de leurs pas, peuplerent la Fontaine de diuers
Poiffons, la terre de mille fleurs nouuelles, & l'air d'vn
nombre infiny d'Oyfeaux ; leur Balet açheué, elles furent donner ordre à l'entrée fuiuante, qui fut en cette
façon.

Trois petits Zephirs ayans des aifles à la tefte, au dos,
aux coudes, & aux talons, furent enuoyez par les Fées
pour fouffler tout le iour dans cet agreable Valon vne
douce fraicheur, & temperer les ardeurs du midy par
leurs odorantes halenées. Ce fut vn Balet volant, ani-
mé, & de leur ieuneffe, & des foins que Flore leur Mere
a pris de les inftruire.

*Jcy le Soleil parut entierement, efclairant toute la Scene.*

V N licencié en Medecine de la fameufe Vniuerfité
de Montpellier, informé de la fertilité du lieu, &
de l'abondance des herbes qui naiffent dans cette verdoyante Montagne, dont les proprietez font d'vn prix
ineftimable, fe rendit à cette Fontaine, pour arborifer,&
y faire vne ample moiffon de ces threfors donnez par la
main de la nature ; & tandis que les rayons naiffans du
Soleil beuuoient ces humides larmes,que l'Aurore comme des perles liquides auoit verfé dans cet agreable Valon, il fit fon entrée auec la difpofition naturelle aux
peuples de cette Prouince, & fe retira tout chargé de ces
herbes falutaires, & precieufes racines, qui donnent la

vie aux mourans, & souuent indiscretement ordonnées, la mort aux viuans.

Le Marquis de la Coque, & sa chere Baronne de Quinquampois, sur quelque indice que deux Capitaines Bohemiens, Voleurs de leurs ioyaux, auoient pris le chemin de la Fontaine, & sur l'esperance de les y surprendre, & d'en faire vne Iustice memorable ; estans arriuez dans ce delicieux Valon, furent surpris par la melodie des violons, qui charma si bien leur desplaisir, qu'ayans oublié, & leur perte, & la vengeance resoluë, ils firent vne entrée aussi crotesque en ses pas, que boufone en ses habits, elle finit par les témoignages d'vn extraordinaire contentement d'auoir paru dans vn equipage si ridicule, & si extrauaguant.

Europe, la plus belle partie de l'Vniuers, ayant receu la celebre Ambassade des autres trois, faite par vn Sanjac Indien, vn Cacique Affriquain, & vn Sagamos Ameriquain, tous deputez pour rendre à sa Grandeur, les deuoirs à quoy ils sont annuellement obligez, leur veut donner le diuertissement de cette miraculeuse Fontaine, où les ayans conduits, dans la tissure du Balet elle leur fit voir toutes les raretez du lieu, & comme par vn prodigieux effort cette Source, qui dans sa bassesse semble estre comme prisonniere au fonds de cet Abisme beant, s'esleue toutefois en de certains temps auec vn orgueil si impetueux, qu'elle semble vouloir porter sa teste blanchissante iusques au Ciel : le Balet finit par les admirations de ces Estrangers, & des protestations à la belle Europe, que ce que la Renommée

en a publié dans leurs climats, est infiniment au dessous
de ce qu'ils ont veu.

Philanire, Doüairiere Palatine de Scandinauie, sous
l'habit d'vn Caualier Polonois, apres auoir roulé long-
temps pour treuuer du diuertissement à la melancolie
de son vefuage, consideré çà & là les merueilles de l'art,
visité le fameux pont du Gar, & l'Amphitheatre de
Nismes, voulut encore satisfaire sa curiosité, & voir
cette incomparable merueille de la Fontaine de Vaucluse, chef-d'œuure de la Nature, dans son entrée elle
témoigna vne gentillesse toute particuliere à sa Nation,
& sous le déguisement d'vn homme, fit paroistre des
douceurs, qui ne sont données en partage qu'au beau
Sexe.

*Jcy les Violons ayans cessé, la Musique de voix & d'instru-*
*mens, fit vn intermede, qui fut suiuy d'vn Trio*
*rauissant, & sur sa fin;*

L'AGREABLE son d'vne musete s'y fit ouyr de
loin, ce fut Damon chef de tous les Bergers des
hameaux voisins, qui descendant de la plus haute roche
venoit rendre les homages deus à cette Bien-factrice,
qui luy fournit dans les plus brûlantes chaleurs des re-
medes si raffraichissans; sous la nouuelle harmonie des
violons il fit voir qu'il auoit vn excellent genie pour la
danse, & qu'il n'auoit pas toûjours esté nourry à la
Campagne.

Deux Eunuques, Esclaues de l'Empereur des terres
qui ne sont pas descouuertes, & qui par vn fol caprice

de la Nature naiſſent demy blancs & demy noirs, atten-
dans la venuë de leur Maiſtre, firent vne entrée ſi diuer-
tiſſante, auec des pas, & des poſtures ſi peu connuës en
ces Regions, que les ſpectateurs reſterent dans vn ra-
uiſſement qu'on ne peut exprimer, qui ceſſa toutefois
par l'entrée que fit auſſi-toſt.

Le Grand & inouy Pachacamas Vſapu, Empereur
des terres inconnües, & de la cinquiéme partie du Monde, informé par la diligence de ſes Eſpions inconnus,
du voyage que les autres Parties ont fait à cette illuſtre
Fontaine, croyant de les y rencontrer, y arriua auec vn
equipage inconnu, & digne de ſa Grandeur ; l'habit
de ce Prince, ſoit par ſa richeſſe, ſoit par ſa mode,
tout à fait inconnüe dans ce Climas, donna vn merueilleux diuertiſſement, & brilla auec tant d'éclat, qu'il
ſembla n'eſtre venu que pour éblouyr tout l'Vniuers.

On vit apres ſur la Scene vn Chaſſeur, & vn Peſcheur,
qui bien que piquez de deux differentes paſſions, & animez d'vn deſir totalement oppoſé, l'vn de depeupler le
Ciel de Gibier, l'autre de deſerter la Fontaine de Poiſſons,
ne laiſſerent pas dans cette contrarieté d'humeurs de
faire vn agreable acord dans leur Balet, & trauailler ſuiuant leurs Genies, chacun à ſa tache, ſans rompre leurs
figures, qu'ils formerent auec vne iuſteſſe admirable.

Vn enfariné Plaſtrier de Veleron, & deux enfumez
Charboniers de Menerbe, concourans au méme deſſein,
quoy que venans de diuerſes parts, ſe rencontrerent for-
tuitement à la Fontaine, & d'vn commun accord, pour
ne laiſſer perdre inutilement la douce harmonie des violons

lons ſe diſpoſerent à faire vne entrée.  Ce fut vn diuertiſſement ſans égal, dans le mélange de leurs figures,
auec quels ſoins étudiez ils éuitoient de ſe toucher, crai-
gnans les vns de ſe noircir, & l'autre de ſe blanchir:
la cadance y fut neantmoins tellement obſeruée, & les
pas ſi bien meſurez, qu'on ſe laiſſa perſuader que c'e-
ſtoient des Caualiers errans pour tromper ainſi agrea-
blement les aſſiſtans.

Deux Poëtes Drilleux, aſſez mal ſatisfaits des eaux
d'Hypocrene, & de l'aſſiſtance ſi peu fauorable des
Muſes, abordent la Fontaine, ſur cette croyance qu'elle
ſçaura échaufer leur vaine iuſques alors ſi glacée; portez
auſſi de la curioſité de voir par les Magiques coniura-
tions du Grand Argan, le diuin Petrarque, & ſa belle
Laure ; apres les admirations ordinaires de tous les
Curieux, & qu'ils eurent acheué leur entrée, laſſez, &
du long voyage, & de leur danſe, ils s'allerent deſalte-
rer dans cette viue ſource, & s'y repoſer.

On vit vn moment apres ſortir vne flâme noire &
épaiſſe, ſuiuie de tonerres & d'éclairs, de cete Maiſon
ruinée.  Argant parût incontinent ſur la porte, la teſte
en feu, vn liure à la main, vne verge de l'autre.  Il a ſçeu
par ſes Demons le deſir paſſionné de ces Poëtes, ce qui
l'anime, pouſſé de ſon ordinaire vanité de leur faire voir
par épreuue la force de ſes enchantemens ; apres, donc,
les inuocations & les murmures acouſtumez, d'vn coup
de ſa verge il fit changer entierement toute la Scene. On
vit alors vne ſtructure merueilleuſe de diuers baſti-
mens, ce ne furent que Palais enrichis de Colomnes de

marbre & de porphire, frontiſpices, & autres inuen-
tions, qui ne pouuoient eſtre faites que par vn prodigieux enchantement; le tout orné de quantité de Sta-
tuës portées ſur leurs piedeſtal, ſuiuant l'ordre de la bonne Architecture, la Perſpectiue y fut ſi religieuſement
obſeruée, qu'il ſembla à tous les plus clairvoyans ſpectateurs que la ſale ſe fut allongnée de plus de cinquante
toiſes, qui reſterent dans le deſeſpoir d'auoir eſté ſi
promptement & doucement trompez, lors qu'ils pre-
noient plus de garde de ne l'eſtre point. Il fit ſortir apres
du milieu de la Scene la gracieuſe Laure pompeuſe-
ment veſtuë à la mode de ſon temps, d'vn coſté, & Petrarque de l'autre, qui rauis de voir ce delicieux ſejour,
où jadis auec tant de quietude ils s'eſtoient communi-
qué leurs mutueles flâmes, firent vne entrée du tout
merueilleuſe.

Les Poëtes ſurpris d'vne adventure ſi ineſperée, rom-
pirent leur ſilence, & vindrent rendre vn hommage ri-
mé à ce Grand Fauory d'Apollon, croyans aſſeurement
que par contagion le ſouffle de ce merueilleux Poëte
leur pourroit inſpirer quelque portion de ſa Diuine
Science. Cette entrée fut toute compoſée de figures
Poëtiques, à la fin prenans congé les vns des autres, Argant reprit le chemin de ſa celule, Laure, & Petrarque
des champs Eliſées, & les Poëtes partirent auſſi gelez
que le Mont Caucaſe.

Deux vieux Rabins de l'ancienne Sinagogue de Car-
pentras, reuenans d'vne Nopce, & ſe treuuans recreus
de la chaleur, furent chercher du rafraichiſſement à la

Fontaine : le son des violons les surprit, & sembla qu'ils eussent reçeu de la vertu de cette eau, ce que la Fontaine de Iouuance communiquoit jadis à ceux qui s'y alloient desalterer. Ils firent vne entrée à l'antique, aussi bouffone qu'on la sçauroit esperer de ces Vieillards ; mais dans le plus fort empressement de leur Balet, ils furent arrestez par vn bruit confus de Chiens, & de Cors de Chasseurs, & ce qui les mit dans vne entiere defroute, ce fut l'abord de deux Sangliers, l'âge caduc de ces vieux Rabins n'empescha pas leur fuite, ayans ( comme on sçait ) vne telle auersion de ces animaux, que mesme ils les abhorrent sur leur table.

Les Sangliers ayans trauersé la Scene, vne Nymphe d'vne Majesté incomparable, portant vn croissant à la teste, & vn arc à la main, se fit voir en teste de quatre Chasseresses. Vous pouuez bien juger que c'estoit la Chaste Diane, qui ayant long-temps erré à la poursuite de ces deux Sangliers, vint passer le reste du iour dans cette agreable Vallée. Dés qu'elle & ses compagnes voulurent commencer leur Balet, les deux Zephyrs portans vn éuantail à chaque main, se vindrent mettre de la feste ; pour les conseruer en l'ardeur & le mouuement de leur danse dans vne temperée fraîcheur. Cette entrée fut toute graue, toute serieuse, & si ponctuellement ajustée, qu'on iugea bien que c'estoit l'ouurage d'vne Déesse. Mais enfin le trauail de la chasse, ou du Balet, les forcea à prendre du repos : Ce fut sur le tapis verd de ces belles sources, où les Fées en reconnoissance de l'honneur que cette Diuinité leur faisoit, sans estre veuës, leur firent ouyr vn concert de voix, dont la melodie les porta iufques à l'extafe, & verfant dans leurs paupieres vne inuifible liqueur de pauots les jetta dans vn gracieux fommeil.

Tandis qu'elles dormoient, quatre Ægipans, hoftes fauuages de la forett de Saus, brûlans continuellement d'vne ardeur brutale, & ne pouuans dans les fombres folitudes des bois treuuer dequoy foulager leurs apetits defordonnez, furent chercher à cette Fontaine, où l'abord de tout fexe eft continuel, quelque falutaire remede, ils y arriuerent auec des mouuemens qui exprimoient viuement leurs folles paffions; & comme nature leur a donné vne difpofition & vne agilité inconceuable. Les grimaces, & les poftures de leur Balet furent enrichies d'vne grace rauiffante. Mais lors qu'ils furent fur le point de le finir, ils découurirent ces belles Dormeufes, les voir & les defirer ce ne fut qu'vne méme chofe, & fe voyans inopinement poffeffeurs de ces Beautez innocentes, ils comploterent d'en faire vne prompte curée à leurs fales defirs.

Mais Diane, qui veille continuellement à la conferuation de fes Filles, lifant dans le cœur de ces Infames les pernicieux deffeins qu'ils eftoient prefts d'executer, & en aprehandant les fuites dangereufes, enflâmée d'vn iufte courroux, s'élança, l'arc & la flache à la main, au milieu de ces Prophanes, & d'vne de fes œillades, les jetta dans vne telle frayeur, qu'ils furent contrains, pour éuiter le jufte reffentiment de cette Déeffe, de prendre la fuite; mais auec des cris & des hurlemens fi épouuen-

tables, que l'eau de la Fontaine en fut troublée, & les ha-
bitans de la campagne ſi émeus, que les parties faites
pour s'aller diuertir ce iour là à la Fontaine, furent entierement rompües dans l'aprehenſion de quelque mau-
uais rencontre : Ce qui donna fin à cette belle iournée,
& en ſuite à toutes les entrées, attendant le grand Balet;
laiſſant aux aſſiſtans vne inſtruction Morale, que iamais
le vice ne peut ſubſiſter en preſence de la Diuinité, &
que l'impudicité la plus effrontée, & la plus hardie de-
uient glacée à l'aſpect d'vne veritable Chaſteté.

Douze Heros, apellez les Cheualiers de Diane, ou de
la Chaſteté, ſuiuant continuellement les traces de cette
belle Chaſſereſſe, fermerent entierement la Scene par
vn grand Balet, qui fut danſé auec toute la grace & la
juſteſſe qu'on pouuoit deſirer pour vne entiere ſatis-
faction.

## MONSIEVR DE LONGCHAMPS,
### Repreſentant Vvlturne.

*SI l'on me voit ſouuent trotter,*
*Je n'en ſuis pas pourtant volage,*
*Car ie ſçay fort bien m'arreſter*
*Quand ie rencontre vn beau viſage.*

## MONSIEVR DE CASTELLANE,
### &
## MONSIEVR DE MONTSALLIER,
### Representans les deux Bohemiens,

GARE les cœurs, gare les corps.
Nous pillons tout, par amour, ou par ruse,
Cinq sols qu'il soit dedans, cinq sols qu'il soit dehors
   C'est à quoy Melite s'amuse,
   Lors qu'elle vient s'entretenir,
   Sur ce que le destin luy garde à l'aduenir.

Tandis qu'vn luy parle d'Amour,
L'autre plus fin luy dérobe sa bource,
Si bien qu'en méme temps, & dans vn méme iour,
   Sans esperance de resource,
   Sans craindre Preuost, ny Sergent,
Nous volons à la fois son cœur, & son argent,

## LES MESMES AVX DAMES.

DANS ce lieu de Vaucluse, où la nuit nous conuie,
Nous venons partager nôtre riche butin,
Mais par vn mal-heureux destin,
L'on vient de nous rauir la vie.
   Belles dans vos apas, si traistres, & si doux,
Vous estes sans mentir plus Bohemes que nous ?
Si pour vn petit vol nôtre troupe l'on blâme,
Que ne doit decerner la Justice en courroux,
Contre les chers Voleurs, & du corps, & de l'âme.

## MONSIEVR DE BRANTES,
### &
## MONSIEVR DE THIERRY,
### Representans les Ardans.

*CES flâmes que l'on voit briller deſſus nos teſtes,*
*Sont les viſibles interpretes,*
*Des feus que nous portons dans le fonds de nos cœurs ;*
*Belles, ſans faire les moqueurs,*
*Meſlons vos glaçons à nos flâmes,*
*Lors parmy la ioye & les ris,*
*Quand vous ſerez nos tiedes Femmes,*
*Nous ſerons vos tiedes Maris.*

## MONSIEVR DE CRILLON, Fils,
### &
## MONSIEVR DE VIVET,
### Repreſentans deux Bohemienes.

*ENCOR que nous ſoyons dans les baſſes Eſcoles,*
*Si faiſons nous toûjours des chef-d'œuures certains ;*
*Car tel qui peu deuant a ri de nos paroles,*
*Pleure bien-toſt apres de l'effet de nos mains.*

## MONSIEVR DE BOVZOLZ,
## MONSIEVR DE PASSIS,
## MONSIEVR GILLES DE FOLARD,
## ET MONSIEVR DE CROSET,
### Repreſentans quatre Sorcieres.

*FY d'Apollon, & bran pour ſes lumieres,*
*La nuit eſt l'Aſtre des Sorcieres,*
*Et ce noir Meneſtrier qui guide nos Balets,*

Comme des vieilles hacquenées,
Nous fait courir la nuit sur des balais,
La bague dans les cheminées.

C'est la voye plus courte, & la plus asseurée,
Et du Soleil moins éclairée,
Pour aller sans danger, & sans rendre combat,
Sous vne harmonie confuse,
Danser, chanter, & tenir le Sabat,
Dans la Fontaine de Vaucluse.

## MONSIEVR DE PONTE,
### Representant Echo.

IE cherche mon Narcisse en ce lieu solitaire,
  Luy seul fut mon plaisir, luy seul fait mon tourment,
  Pour n'estre le miroir de ce cruel Amant,
  Vaucluse est trop pompeuse, & son onde trop claire.

Mais il rit de mes pleurs, comme de ma priere,
  Je roüle vainement, les ruisseaux, & les bois,
  Amour m'a fait muette, & ce reste de voix,
  Peut à peine exprimer vne sillabe entiere.

Nymphes qui soûpirez sous l'Amoureux empire,
  Sans crainte des jaloux, contentez vos desirs,
  En toute liberté gorgez vous de plaisirs,
  Jamais ce peu de voix ne le sçaura redire.

MONSIEVR

## MONSIEVR DE LONGCHAMPS,
### Representant Endimion.

SVR ce gason fleury ma brillante Maistresse,
Hors du monde & du bruit,
Me vient visiter chaque nuit,
Me parle de ses feux, m'entretient, me caresse,
Mais le iour arriuant cette belle s'enfuit.

Pourtant ie suis content, & quoy qu'elle ayt de l'âge
Iamais les siecles à venir,
Ne verront mon amour finir.
Mon bon-heur est trop grand ayant cet aduantage,
Que pour moy chaque mois ie la voy raieunir.

## MONSIEVR DES YSSARS,
## &
## MONSIEVR DE LAGNES,
### Representans deux Lunatiques.

SOVFFREZ nostre plainte importune,
Oeil de la nuit, changeante Lune ;
Vos marquemens sont aparens,
Et vostre influance indiscrete,
Car de quatre quartiers, pour tous si differens,
Le plus foible tousiours preside en nostre teste.

## MONSIEVR DE PONTE,
### Representant la Melancolie.

NE vous plaignez plus de la Lune,
Chers nourrissons, troupe importune,

D

Les interualles inconstans,
De vostre agreable folie,
Viennent de vos cerueaux, qui font voir en tout temps
Les funestes effets de la Melancolie.


## MONSIEVR DE SAIGNON,
### Representant l'Aurore.

VOVS voyez, beau Chasseur, que la ialouse enuie,
    D'vn Dieu qui trouble nostre vie,
S'en va faire esclipser les Astres de la nuit ;
Apollon, qui tousiours me suit,
Ne donne aucun relasche au mal qui me tourmente ;
Aussi-tost que cet Astre luit,
Il faut que ie m'absente,
L'amour, & la mort dans le sein ;
Adieu, cher Cephale, à demain,


## MONSIEVR DE MANTIN,
### Representant Cephale.

IE mourois de regret, Aurore matiniere,
    Voyant que ce Ialoux, porteur de la lumiere,
Pour troubler mon destin,
Ne vous laisse voir qu'au matin ;
N'estoit qu'au son charmant de ce plaisant murmure,
La Nymphe de Vaucluse, en tout temps, à toute heure,
Me donne les faueurs que cet Astre du iour,
Rauit à mon amour.

## MONSIEVR DE LOVANCYT,
## &
## MONSIEVR DE VIVET,
### Repreſentans deux Fées.

RAYONE *ſur noſtre Oriſon,*
*Bel Aſtre que la terre adore,*
*Et dans le tendre ſein de Flore,*
*Verſe des roſes à foiſon ;*
*Deſia les oiſeaux dans la nuë*
*Annoncent ta belle venuë ;*
*Venez Amans delicieux,*
*Que l'Amour dans ſes neuds enchaiſne,*
*Gouſter pres de cette Fontaine,*
*Les plaiſirs innocens qu'on gouſte dans les Cieux.*

## MONSIEVR DV DEVES,
## MONSIEVR DE VALERNES,
## ET MONSIEVR DARLIN,
### Repreſentans trois Zephyrs.

SI *l'on nous apelle legers,*
*Si nous volons dedans les airs,*
*S'en faut il eſtonner, ſont ce choſes nouuelles ?*
*Nous ſommes nais auec des aiſles,*
*Mais, mes Dames, en verité,*
*Sans aiſles vous auez plus de legereté.*

## MONSIEVR DE BRANTES,
### Repreſentant le Marquis de la Coque.

IL *eſt vray que ta bonne mine,*
*Belle & charmante Proſerpine,*

Tient mon cœur arresté dedans du fil darcha :
Nostre perte, il est vray, semble estre sans remede,
Mais sçachant que ie te possede,
Je suis plus content qu'vn Bacha.

Donques, sans plus faire la sotte,
Digne teste à porter marotte,
Fais toy voir desormais, contente comme vn Roy,
D'auoir vn beau Mary, qui fait toute sa gloire,
D'estre renommé dans l'Histoire
Aussi ridicule que toy.

## MONSIEVR DE PONTE,
### Representant la Baronne de Quinquampois.

BARONNE du Grand Quinquampois,
Bien que mon dos fasse deux bosses,
Et que mes bras portent des fosses,
Où le soir & matin l'on y seme des pois ;
Cent Amans rauis de ma face,
Tousiours si feconde en grimace,
Meurent bien toutesfois, d'espouuente, ou d'amour,
Guerissez vostre fantasie,
Belles qui m'admirez dans ce pompeux attour,
Ou vous mourrez de jalousie.

## MONSIEVR DE PASSIS,
### Representant vn Licentié Arboriste.

MARGOT dont le regard superbe,
Semble n'estre charmant que pour assassiner,

Cessez de plus m'importuner,
Et dire que ie suis vn Medecin en herbe :
Bien-tost ie veus m'esuertuer,
De prendre lettres pour tuer ;
Et dans cet illustre exercice,
Estant vn parfait Medecin,
Sans apprehender la Iustice,
Ie seray comme vous vn parfait assassin.

## MONSIEVR DE S. MONTAN,
### Representant l'Europe.

DE quelque los flateur dont vostre orgueil se vante,
Quels parfuns que le Ciel fasse naistre en vos champs,
Quel or, quels diamans, que vostre terre enfante,
Et quand chez vous les iours n'auroient point de couchans,
Tout cede auec raison à la noble structure,
De ce Valon pompeux, Mignon de la Nature ;
Seigneurs, que vostre esprit demeure satisfait,
De voir sa loüange semée,
Par la voix de la Renommée,
Estre encor moindre que l'effet.

## MONSIEVR DES YSSARS,
## MONSIEVR DE LAGNES,
## ET MONSIEVR DE VITROLLE CERESTE,
### Representans les autres trois Parties.

CERTES nous l'aduoüons, Europe glorieuse,
Pour vous seule le Ciel a des soins complaisans ;
Mais parmy ces faueurs l'agreable Vaucluse,

A receu de sa main de plus riches presens,
Ses rochers, son christal, sa cascade escumante,
Les clairs ruisseaux naissans de sa Source abondante,
Forment des entretiens si doux, & si parfaits
Que le plaisir qui nous affolle,
Nous fait arrester la parolle,
Pour en admirer les effets.

## MONSIEVR DE THIERRY,
### Representant la Palatine de Scandenauie.

SOVS l'habit emprunté du Caualier errant,
Je cherche à diuertir l'ennuy de mon Vefuage;
Qu'on blasme ce dessein, qu'on censure mon âge,
Ma foy tout m'est indifferent.
Mars m'a donné sa force, & Cyprine sa grace,
L'vne regne en mon cœur, l'autre esclatte en ma face,
Estant donques du Ciel le chef-d'œuure parfait,
Aprenez, mesdisans, que ma lame est funeste,
Et ce qu'elle n'aura pas fait,
Que mes yeux rauissans acheueront le reste.

## MONSIEVR DE LOVANCYT,
### Representant vn Berger.

VOVS, qui parmy ces eaux, & dans cette campagne,
Voulez cueillir les plaisirs sans danger,
Soyez la fidelle compagne
De cet agreable Berger.
Mon amour est sans fard, mes humeurs sont ciuiles
Ma grace fait voir en tous temps,

*Et la geneillesse des Villes,*
*Comme l'innocence des champs.*

## MONSIEVR SALADIN,
### &
## MONSIEVR DE LA PIERRE,
Representans deux Eunuques inconnus.

*AV pays inconnu, où le Roy des Saisons,*
*Tousiours desordonné, verse son influance,*
*Eunuques moitié noirs, moitié blancs, nous faisons*
*Que pour nous seulement il a de la constance.*

## MONSIEVR DE CASTELLANE,
Representant l'Empereur des terres inconnües.

*PRINCE des terres inconnües,*
*Superbe & Grand Pachacamas,*
*Ie tiens vn pied dedans les nuës,*
*Et marche dessus les frimas :*
*L'Europe, l'Asie, l'Affrique,*
*Et cette deserte Amerique,*
*Qui forment de climas diuers,*
*N'ont plus moyen de s'en desdire,*
*Car de tout ce grand Vniuers*
*Je ne veus faire qu'vn Empire.*

❈

*Mais quand i'aurois pris vne place,*
*Sur le Throsne de Iupiter,*
*Que mesme le Dieu de la Thrace,*
*Ne l'oseroit plus disputer,*

Que tous les peuples de la terre,
Par l'effort de mon cimeterre,
Se treuueroient enseuelis,
( Quoy que ie l'espreuue inhumaine )
Je puis bien iurer que Philis,
Sera tousiours ma Souueraine.

C'est vous, agreable Vaucluse,
Qui dessous ce nom emprunté,
Forgez la chaine glorieuse,
Où mon cœur se voit arresté ;
Je benis la fatalle entraue,
Qui de Roy m'a fait vostre esclaue ;
Jcy i'establis mon seiour,
Et sans reserue i'abandonne,
A la force de mon Amour,
La richesse de ma Couronne.

## MONSIEVR GILLES DE FOLARD,
### Representant vn Pescheur & vn Chasseur.

CLORIS, si vous voulez garder vostre franchise,
( De vostre doux repos le thresor precieux )
Fuyez ce lieu fatal, comme delicieux,
Autrement vous y serez prise ;
Et vostre liberté treuuera son tombeau,
Puis que nous tuons tout sur la terre, & sur l'eau.

MONSIEVR

## MONSIEVR DE MONTSALLIER,
### Representant vn Plastrier.

## MONSIEVR DE S. MONTAN,
### &
## MONSIEVR GILLES DE FOLARD,
### Representans deux Charboniers.

NE *soyez plus si desdaigneuses,*
*Filles qui nous voyez languir aupres de vous ;*
*Nous auons descouuert vos ruses,*
*Vous ne sçauriez iamais estre belles sans nous :*
*Pourquoy faire tant les sucrèes,*
*Puis que vous portez nos liurées,*
*Et que vostre beauté nous addresse ses vœux ;*
*C'est contre la raison trop vainement combatre,*
*Voyant nostre charbon, qui noircit vos cheueux,*
*Et que vostre blancheur se fait de nostre plastre.*

## MONSIEVR DE LONGCHAMPS,
### &
## MONSIEVR DE THIERRY,
### Representans deux Poëtes.

NOVS *sommes si gelez, & si froids en nos rimes*
*Que l'on nous prend pour des Oysons ;*
*Autant de vers que nous faisons,*
*Ce sont pour nous autant de crimes :*
*Mais dans ce beau Vallon,*
*Nostre Maistre Apollon,*
*A nous instruire se dispose,*
*Il promet de nous mieux traiter ;*

*Mais, las! que sert de nous flater,*
*Si nous auons la veine-close.*

## MONSIEVR DE CRILLON,
### Representant le Magicien Argant.

*LA verge dans la main i'opere des merueilles,*
*Rien ne peut resister à mon diuin pouuoir,*
*Mais quoy? vos graces nompareilles,*
  *Amaranthe ont plus de pouuoir:*
  *Vos yeux me vont reduire en cendre,*
  *Vostre Demon est mon vainqueur,*
  *Puis que sans oser me deffendre,*
*Pour vous ie pers le sens, la science, & le cœur.*

## MONSIEVR DE BOVZOLZ,
### Representant Petrarque.

*DONQVES ie vous reuois, cher objet de mes flâmes,*
*Adorable beauté,*
*Que jadis i'ay si bien chanté;*
*Non, ne redoutez plus, de tant de belles Dames,*
*Les attraits rauissans,*
*Ils sont pour moy trop impuissans;*
*Et quelque trait d'Amour que leur bel œil eslance,*
*Ne sçauroit esbranler tant soit peu ma constance.*

## MONSIEVR DE BRANTES,
### Representant Laure.

*QVI sçauroit mes beautez, & ses charmans apas,*
*Sans toy, mon aymable Petrarque,*

Qui malgré les loix de la Parque,
M'as fait viure apres le trespas :
Tes beaux vers ont fait voir, ton esprit, & ma grace,
Et que pour monter au Parnasse,
Iamais aucun mortel n'a peu suiure tes pas.

## MONSIEVR DE LAGNES,
### Representant les Rabins.

DOCTEVRS Rabins, de parolle & d'effet,
Nous venons raffraichir nostre gueule alterée ;
Vous belles qui portez la robe deschirée,
Venez nous voir, nous auons vostre fait.
Que si des ans passez la deplorable fleche,
A fait sur vostre tainct quelque visible bresche,
  Sçachez que sans tant babiller,
  Nous sçauons l'art de rabiller.

## MONSIEVR DE CROSET,
### Representant Diane.

# AVX DAMES.

AGREABLES Diuinitez,
Miroirs viuans, où ie voy ma peinture,
Superbes, & chastes Beautez,
Des hommes, & des Dieux l'innocente torture ;
Beaux yeux, inuincibles vainqueurs,
Comment bruslez-vous tant cœurs ?
Puis que vous presidez sur vn Throsne de glace ?
Que ie sçache quel est cet inconneu pouuoir ?
Qui vous fait, auec tant de grace,

Donner tant de tourmens, & n'en point receuoir ?

✤

Toute Deeſſe que ie ſuis,
Et quelque chaſteté que ma beáuté profeſſe,
C'eſt enfin tout ce que ie puis,
Quand mon œil, par l'effet d'vne diuine adreſſe,
A toute peine ſe deffend,
Des traits de cet aueugle Enfant,
Qui fait dedans les cœurs des coups ſi redoutables ;
Je vous puis bien ceder ma place dans les Cieux,
Puis que l'art d'eſtre inuulnerables,
Par vn fatal bon-heur n'eſt donné qu'à vos yeux.

## MONSIEVR DE CASTELLANE,
## &
## MONSIEVR DE PASSIS,
Repreſentans deux Ægipans.

NE vous eſtonnez pas, Beautez, de muſc & d'ambre,
De voir ces Ægipans ſi bouquins, & ſi laids,
Ils ſont des Demons aux Balets,
Et des demy Dieux à la chambre.

## LES CHEVALIERS DE DIANE.

QV'ON ne nous vante plus les faueurs de Cypris,
Objets de nos iuſtes meſpris,
Et dont les entreticns n'ont rien que de profane ;
Tous nos plaiſirs ſont innocens,
Et nous ne verſons des encens,
Que ſur les Autels de Diane.

Myrthes, Palmes, Lauriers, dont Amour, & dont Mars,
        Couronnent leurs dignes Soldats,
Humbles nous renonçons à vos pompeuses gloires ;
        Puis que vaincre nos passions,
        Fait toutes nos ambitions,
        Et nos plus celebres victoires.

La Chasse, les Balets, & la Pesche à son tour,
        Sont les objets de nostre Amour,
Nous fuyons l'entretien de ces belles Coquetes,
        Qui par vn sort capricieux,
        Portent le Soleil dans leurs yeux,
        Et la Lune dedans leurs testes.

Et sçachans que la Cour est vne folle Mer,
        Qui iamais ne se peut calmer,
Où la raison finit, quand l'Amour y commence,
        Le tombeau de la Chasteté,
        Le champ de l'Infidelité,
        Et le throsne de l'inconstance.

Nous quitons pour iamais les superbes Citez,
        Et leurs pompeuses vanitez,
Et loing de leurs apas où l'insensé s'amuse,
        Nos plus chers diuertissemens,
        Sont les entretiens si charmans,
        De la Fontaine de Vaucluse.

DE NOVGVIER.